C000136625

Madame
TINTAMARRE

Collection MADAME

Madame
TINTAMARRE

Roger Hargreaves

HACHETTE
Jeunesse

Pauvre madame Tintamarre!

Elle habitait la Bruitagne,
le pays du bruit.

Elle devait souvent crier dans son porte-voix :

– SILENCE, LES SOURIS!

Mais les souris de Bruitagne continuaient
à faire :

– COUIC! COUIC! COUIC!

Madame Tintamarre devait aussi souvent mettre sa radio à tue-tête.

Pour couvrir le chant des oiseaux de Bruitagne !

Mais les oiseaux continuaient à faire :

– CUI ! CUI ! CUI !

Un jour, madame Tintamarre a soupiré :
– Ça ne peut plus durer.
Je ne m'entends même plus parler.

Alors, elle a fait sa valise.
Puis elle est partie pour Chuchotis-les-Bains.

– Là-bas, on m'entendra sûrement parler,
s'est-elle dit.

Comme Chuchotis-les-Bains se trouvait à vingt kilomètres, madame Tintamarre est montée dans un car.

– UN BILLET POUR CHUCHOTIS-LES-BAINS!

a-t-elle crié au chauffeur dans son porte-voix.

De surprise,
tous les gens qui attendaient derrière elle
pour monter dans le car
sont tombés à la renverse.

Le chauffeur, lui, n'est pas tombé.

Évidemment, il était assis.

Quand madame Tintamarre est arrivée
à Chuchotis-les-Bains, elle a été ravie.

– Quelle jolie petite plage calme et tranquille !
a-t-elle pensé.
Puis elle a vu monsieur Silence.

– C'EST L'HEURE DE LA SIESTE ?

lui a-t-elle demandé dans son porte-voix.

Si ça l'avait été, ça ne l'était plus !

Ensuite, madame Tintamarre a vu madame Timide.

Elle se baignait.

– ATTENTION ! UNE VAGUE !

lui a-t-elle crié dans son porte-voix.

La vague a recouvert madame Timide!

Madame Timide a poussé un tout petit cri.

Puis elle a regagné la plage sans un bruit.

Madame Tintamarre a pensé :

– Avec des voisins aussi calmes,
je vais me plaire à Chuchotis-les-Bains.

Alors, toute contente,
elle a mis sa radio à tue-tête.

comme un chanteur chantait,
elle a chanté, elle aussi.

Dans son porte-voix, évidemment !

Monsieur Silence a couru vers madame Timide.

— Ça ne peut plus durer, lui a-t-il dit.
Il faut nous en aller.

— Qu'est-ce que vous dites? a dit madame Timide.

— Qu'est-ce que vous dites? a dit monsieur Silence.

Ils n'étaient pas devenus sourds.

Mais, à cause de madame Tintamarre,
ils ne pouvaient guère s'entendre.

Tout à coup :
POUM! POUM! POUM!

ont fait de grosses chaussures.

Devine à qui elles appartiennent.

Oui, à monsieur Bruit!

– BIEN LE BONJOUR! a-t-il hurlé
en rejoignant les vacanciers.

Mais...

CRAC !

a fait la radio de madame Tintamarre.

L'une des grosses chaussures qui faisaient
POUM ! POUM ! POUM !

venait de se poser dessus.

Alors, devant son poste de radio cassé,
et devant monsieur Bruit qui hurlait :

– MILLE EXCUSES !

plus fort qu'elle n'aurait pu le faire
avec son porte-voix,
eh bien, madame Tintamarre...

... est restée sans voix !

RÉUNIS VITE LA COLLECTION ENTIÈRE DE **MONSIEUR MADAME...**

... UNE FRISE-SURPRISE APPARAÎTRA !

Conception et réalisation : Viviane Cohen
avec la collaboration d'Évelyne Lallemand pour le texte
Colette David et Bruno Coispel pour les illustrations
Dépôt légal n° 40886 - février 2004
22.33.4825.01/0 - ISBN: 2.01.224825.X
Loi n° 49- 956 du 16 juillet 1949 sur les publications destinées à la jeunesse.
Imprimé et relié en France par I.M.E.